L'ANTIGONE SCANDINAVE,

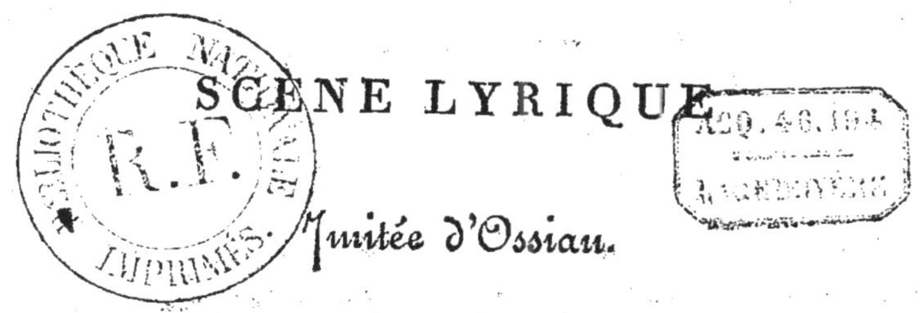

SCÈNE LYRIQUE

Imitée d'Ossian.

PAR M. CHARLES-MALO.

L'ANTIGONE SCANDINAVE,

SCÈNE LYRIQUE.

CONNMOR, souverain d'Ullin et père de Rosmala, a péri malheureusement. Caros, célèbre usurpateur, s'est emparé du Trône et s'est fait déclarer Empereur. Persécuté par le tyran, Morar, l'un des deux frères de Connmor, accompagné de la belle Rosmala sa nièce, et des autres enfans d'Ullin, s'est réfugié auprès de Fingal, Roi de Morven. Depuis vingt ans, ils vivent à sa Cour. Un jour Morar, appuyé sur les bras de Rosmala, et pour distraire sa douleur, errait solitaire autour des rochers de Morven. Fatigué, il s'arrête :

MORAR.

Reposons-nous ici !...

ROSMALA.

Dans quel séjour affreux !
Voyez-vous à nos pieds ces torrens écumeux,
Et ces roches d'Arven sur nos fronts suspendues,
Dont les sommets glacés se perdent dans les nues !
Tout m'épouvante....

MORAR.

Hélas ! ce spectacle d'horreur
Ne sied que trop, ma fille, à l'état de mon cœur ;
Ce deuil de la nature
Est aussi là.... Tu sais les tourmens que j'endure.

ROSMALA.

Fuyons donc ces déserts.
Déjà l'éclair du Nord sillonne au loin les airs ;
Les vents sifflent....

MORAR.

Eh ! quoi, tu redoutes l'orage !
Des Autans déchaînés je dois braver la rage.
Crois-tu, ma Rosmala, que le courroux des Dieux
Puisse ajouter aux maux que nous souffrons tous deux?
Laissons briller l'éclair qui menace nos têtes,
Nos cœurs sont trop flétris pour craindre les tempêtes.

AIR.

Depuis vingt ans proscrits, errans,
Deshérités du Trône de nos pères,
Mille souvenirs déchirans
Chaque jour comblent nos misères.
Quel avenir espérer ?
Nous faudra-t-il sur l'aride bruyère,
Loin de nos aïeux expirer,
Sans avoir de leur tombe embrassé la poussière ?

ROSMALA.

Qu'ai-je entendu, grands Dieux !
Loin de notre patrie
Nous serions condamnés à finir notre vie,
Tandis qu'un étranger, un tyran odieux,

Souillé du sang des Rois, ceint de leur diadême,

Insulte au Nord entier soulevé contre lui,

Qu'il brave et nos enfans, et Fingal, Odin même !...

Ah ! si le Ciel est juste, il nous doit un appui.

La race des Connmor, jadis si révérée,

Languirait plus long-temps fugitive, ignorée,

Et s'éteindrait sans gloire aux yeux de l'univers !

Ce serait là le prix de vingt ans de revers !

AIR.

Non, non, plus de souffrances,

Odin va mettre un terme à nos longues douleurs;

Fingal a vu couler mes pleurs :

Odin, Fingal ! voilà nos espérances.

Tremble ! Caros... Du haut de ta grandeur,

Ton œil plonge en riant sous l'effroyable abîme

Où gémit ta victime ;

Vois-la briller enfin de toute sa splendeur ;

Qu'Odin souffle ,... ta tête altière,

Comme un pin de Moruth par la foudre écrasé,

Tombe... Ton sceptre est brisé,

Et tu rentres dans la poussière.

Mais pourquoi tardez-vous ! Qui vous peut arrêter !
Odin !...

MORAR.

De quel espoir tu flattes ma vieillesse !
Oh ! ma fille, avec quelle ivresse
Je reverrais ces rives de l'Ulster !

ROSMALA.

Ah ! leur nom seul me fait verser des larmes ;
Mais quand je rentrerai pour la première fois,
Dans ce palais des Rois,
Jadis affreux séjour et de deuil et d'alarmes !
Qu'y verrai-je?... Hélas ! il était là..:

MORAR.

Que dis-tu, Rosmala !
De Connmor épargne les frères ;
Est-ce en m'offrant des tableaux déchirans
Que tu voudrais consoler mes vieux ans ?
N'avons-nous point assez de nos misères,

De nos malheurs présens ;
Sans les accroître encor de tous ceux de nos pères ?

AIR.

Hier tu me disais :
« Au seul aspect de sa patrie ,
» Il n'est point de maux qu'on n'oublie ,
» De larmes qu'on n'essuie ; »
Et moi je répétais
D'une voix attendrie :
« Point de larmes qu'on n'essuie. »
Cependant tu gémis , et c'est devant celui
A qui ton faible bras , vingt ans, servit d'appui ;
Dont tes soins caressans ont charmé l'existence ,
Qui ne vit que par toi , par ta seule présence ,
Que tu nommes ton père enfin !..

ROSMALA.

Ah ! pardonnez.

MORAR.

Ne m'as-tu pas promis des destins fortunés ?

ROSMALA.

Ce souvenir ranime mon courage.

MORAR.

Le bonheur que je goûte est déjà ton ouvrage...

ROSMALA.

C'en est fait, de mon front le deuil est effacé.

MORAR.

Pour être heureux , ma fille , oublions le passé.

ROSMALA.

Fuyez'donc, noirs chagrins... n'attristez plus monâme!

MORAR.

Viens Rosmala , ta voix m'enflamme.
Eh! mais... n'entends-je pas , dans le lointain des airs ,
Des cent harpes du Nord les célestes concerts ?
Vois-tu comme leurs sons dissipent les orages !
Déjà nous respirons un air plus doux , plus pur...
Juste ciel! quel éclat ! quels flots d'or et d'azur !
Odin !... prosternons-nous au pied de ses nuages.

INVOCATION.

Dieu du Nord ! exauce nos vœux :
Jadis forcés de fuir une terre chérie ,
Nous ne pouvons loin d'elle être heureux ;
Rends-nous donc à notre patrie.

ROSMALA.

Entends les cris de nos enfans !
Un peuple entier appelle et Morar et sa fille ;
Ah ! dans ses bras , conduis-nous triomphans :
C'est réunir une famille.

ENSEMBLE.

Dieu du Nord, etc.

CHARLES-MALO.

IMPRIMERIE DE J. MORONVAL.